maravilhas banais

coleção cabeça de poeta

01 *Meditações* | Jamesson Buarque
02 *Desilluminismo* | Glauco Mattoso
03 *Caderno* | Edmar Guimarães
04 *Noite sem pátria* | Alexandre Bonafim
05 *Yahya Hassan* | Yahya Hassan – trad. Luciano Dutra
06 *Inventário: poesia reunida, inéditos e dispersos [1963-2015]* | Heleno Godoy
07 *Moradas* | Angelus Silesius – trad. Marco Lucchesi
08 *A voz de um corpo despedaçado* | Wesley Peres
09 *Tempo de atirar pedras e dançar* | Paulo Guicheney
10 *Desboccados e cabelludos* | Bocage; Laurindo Rabello; Glauco Mattoso (org.)
11 *A hora e vez de Candy Darling [poemas 2013-2014]* | Horácio Costa
12 *maravilhas banais* | Micheliny Verunschk
13 *O olho do girassol* | Inês Ferreira da Silva Bianchi
14 *50 poemas escolhidos pelo autor* | Ruy Espinheira Filho
15 *Lâminas* | Dheyne de Souza
16 *Marés e ressacas* | Fernanda Marra
17 *Outra arte* | Micheliny Verunschk
18 *furonofluxo* | Fernanda Marra
19 *Enquanto caio* | Dheyne de Souza
20 *Poesia reunida* | Micheliny Verunschk

maravilhas banais
Micheliny Verunschk

coleção cabeça de poeta 12
série contemporanea

martelo
goiânia, 2017

© copirraite de Micheliny Verunschk, 2017.
© copirraite desta edição de **martelo casa editorial e comércio de livros ltda.**, 2017.
© copirraite de fotos: Renphoto/ValentynVolkov/Kovaleva_Ka/istock.com, 2017.

direitos reservados e protegidos pela lei 9.610 de 19 de fevereiro de 1998.
é proibida a reprodução total ou parcial sem a autorização, por escrito, do autor e da editora.

coordenação editorial miguel jubé
direção de arte Lucas Mariano
projeto gráfico e capa Lucas Mariano
preparação, composição e revisão *oficina do martelo*
diagramação e editoração eletrônica *oficina do martelo*

conselho editorial *coleção cabeça de poeta*

Antonio Carlos Secchin (UFRJ)
Celia Pedrosa (UFF)
Fábio Cavalcante de Andrade (UFPE)
Goiandira Ortiz de Camargo (UFG)
Heleno Godoy (UFG)

Jamesson Buarque de Souza (UFG)
Luís Araújo Pereira (UFG)
Marco Lucchesi (UFRJ)
Maria Esther Maciel (UFMG)

Dados Internacionais de Catalogação na Publicação (CIP)

(Biblioteca Estadual Pio Vargas, GO, Brasil)

VER
mar   Verunschk, Micheliny (1972-)
          maravilhas banais. / Micheliny Verunschk – Goiânia: martelo, 2017.
          (coleção cabeça de poeta 12. série contemporanea).
          76 p.

          ISBN: 978-85-68693-13-1
          1. Literatura brasileira. 2. Poesia. 3. Contemporâneo I. Título.
                                                           CDD 869.91
V644m   CDU 821.134.3(81)-1

          Índice para catálogo sistemático: 1. Poesia: Literatura brasileira

martelo casa editorial e comércio de livros ltda.
rua 109, 315, setor sul
74030-090 | goiânia-go
www.martelo.art.br

nota editorial [de tutano e osso]

"o amor / que o meu corpo / atravessa / pousa somente / no corpo que vislumbro". é uma declaração apaixonante de amor? também. mas é uma maneira de olhar o humano pela via do humano e transportar pelos tempos uma tortura feminina, historicizando-a, como deve ser, dentro de uma visão dinâmica, que busca em momentos ignorados as contradições da situação "romã" – o amor feminino e suas torturas, sempre falando ao mundo de um modo diferenciado, o modo como lhe é permitido por cada momento. apenas para saber da sã consciência de seus versos, em "quem amaria / a marca da morte / sobre o meu corpo": a contradição se estabelece pois aqui há serenidade; e ao mesmo tempo, chama – como todo o livro – ao delírio cotidiano; esse singelo delírio que não se encontra nas aflições desmedidas e artificializadas, senão na angústia de um botão de camisa, ou de uma viagem de volta para casa.

este é um novo livro de micheliny verunschk. outra micheliny ou quase micheliny. quem produziu estes poemas se inscreve num momento de exceção política, numa escritura pré-exceção, mas cuja captação aponta para o tensionamento das relações humanas, para um tempo imergindo nas incertezas e o vislumbre de suas (necessárias) vias de reconstrução de sentidos (e realidades).

é a mesma micheliny da potência sintético-imagética de *Geografia íntima do deserto*, com o cálculo incomensurável de *A cartografia da noite*, ou o ponto de vista do outro, do bicho, deste animal que somos nós mesmos (e o nada), e a angústia serenamente narrada pelo espectro do espelho, numa micheliny um pouco diferente daquela que utiliza o *condensamento* como um de seus recursos poéticos mais potentes; isso se realiza na sua perspectiva ao ver um mundo que caminha fragmentariamente à sinergia do agora agora agora. e daí também extrai sua objetividade lírica, sua capacidade de recorte do dinâmico antes que ele se dispusesse à possibilidade desse recorte, gerando um movimento de antecipação da memória, uma sensação de uma memória que se debate entre o peso mitológico e recolhe os períodos da história, carregando uma outra memória, para chegarmos até aqui. o poema "do mal que me queres" opera na demonstração da virada para a modernidade, lembrando a formação occitânica da língua portuguesa (e de sua visão de mundo) pela remissão às cantigas (de amigo – e de amor também), e pelo recurso rímico 2/5 (ou 2/4, recortando quadras num poema de estrofe aparentemente única), por exemplo. isso foi, entretanto, um breve comentário técnico que merece ser relevado no livro, pois se expande à compreensão de sua unidade. esta é micheliny: poeta do agora agora agora. poeta do hodierno; poeta de um moderno tempo moderno. poeta que não se recusa a isso, senão se entrega à síntese total para expor as doenças, os delírios e a calmaria possível num mundo que chega para algo além da modernidade – e, por isso, um mundo num ápice de vícios e constantemente suprimido pelo imperativo da intolerância.

este volume 12 da *coleção cabeça de poeta, série contemporanea* (dedicada à produção de poesia brasileira a partir do século 20), celebrando o amor – ou as formas prováveis / possíveis de amor a partir daquilo que é seu mais duro, para alcançar a sua seiva: o seu tutano – celebra, antes de mais nada, uma espécie de resistência que poucos veem como tal mas que todos a ela recorrem; e resistência, por assim dizer, é preservar a vida humana, preservar o humano, preservar a existência da humanidade contra seus impulsos de (auto)destruição. é preservar da loucura desmedida os relances de sanidade que nos restam e, portanto, uma serenidade.

aqui a poeta se arrisca mais ainda na concisão, na lição do *condensamento*, justo num livro cuja forma do conteúdo costuma receber pela maior parte da tradição um tratamento dictivo mais alongado (com um discurso mais extenso) – e justo por isso também este livro cede aos momentos de extensão discursiva entremeio à extrema concisão, e justo por isso é um duplo risco apostado pela poeta. uma poeta que sabe que "ademais é preciso obsessiva / e repetidamente / é preciso escrever o teu nome novamente". [num osso] "e eu o seu osso".

miguel jubé
goiânia, set. 2017

sumário

"não há metafísica no amor" [Nina Rizzi]   10

) escrever (15
do amor e seu osso   18
outro cântico   24
x   32
[o filho mais novo]   35
gênesis   36
[a memória]   38
[achar um lugar para guardar os pratos]   41
Dedalus [a propósito de Ulysses]   42
relevo   44
tatame   46
Teseu   48
caligrafia   50
balada   52
propósito   54
água branca   56
do mal que me queres   58
um banho   60
das pequenas perversões   62
um exercício   64
[é preciso escrever o teu nome novamente]   66
[e, no entanto, músculo]   69
[a palavra amor]   72

notícia biobibliográfica   74

"não há metafísica no amor"

uma insistência atravessa esta escritura: a vida animal, a dança, as criaturas tão humanas *em trégua*. essa escritura que se faz poesia y trégua, instância de uma proximidade inquietante, íntima. se escreve, se rasura e desordena os modos da vida *real* cá fora.

— os nove milhões de gentes que definham de fome, ano a ano. os sem-nome e número vítimas da violência policial e dos estados assassinos; os zumbis das guerras de lá e cá. toda a gente está a morrer a vida bárbara, todos os dias desde que o mundo é mundo. e, sobtudo, as mulheres que o censo não conta. ninguém contou os pesos-mortos da história.

hélène cixous bate mão à trégua: «os textos não precisam de efeito sobre a vida de vigília, a transformam, vida mais que diurna: vida múltipla, todas suas vidas de noite e todas suas vidas de poesia». hélène sabe este livro que se materializa a vida *outra*. porque é *amor*. micheliny nos estende todas mãos:

> o amor
> como o esquecimento
> é uma forma de persistência.

negraclaridade águabranca, o amor persiste. é essa noite, é essa *trégua*. aquele instante que suspende o horror. o amor é a poesia y trégua que insistem –essa escritura.

e ao nos aconchegar aqui vivemos a vida *outra*, uma apaixonada cama feita de poemas, uma incessante busca pelos caminhos da linguagem que lançam fora qualquer violência que não a da trégua:

> mulheres de Jerusalém
> se encontrarem o meu amado
> digam que lhe guardei uma flor
> semiaberta
> entre as pernas
> digam
> que desfaleço
> e morro de amor

deitar-se nessa leitura é gozo ao corpo; na escritura o corpo goza inteiro. o corpo se deita e é inteiro erótico: deixar vir a poema, despe o dia e seu limo e vê resplandecer em claro negrume a noite-lume-amor, ama. ama-se. ama a poema. deita e se deixa junto à escritura. ao experimentar o amor, inventamos junto da poeta a palavra amor: "eu me escrevo / para você / obsessiva escritura / é o seu nome". escritura-caminho que se inicia em seu fim e se finda em seu início, o amor nos inventa: "o meu amado me quer / meu nome gravado em seu anel". nomear é inventar, desmemoriar: "esse seu nome / absurdo, / em grego antigo // esse seu nome, labirinto".

então o amor persiste, o amor nos detém para um-além. o desejo de tornar também escritura essa leitura atravessada pelo silêncio e o arrebatamento. a linguagem afeta e assim chega à linguagem. sim, uma parte dessa escritura é nossa. um desejo do corpo que se não satisfeito faz doer o próprio corpo. sim, as palavras de micheliny nos fazem amor e nos alimentamos de seu leite, mel, seu abismo.

na mais pura materialidade as poemas aqui lembram: «deus deve ficar furioso quando alguém passa pela cor púrpura dos campos e nem nota. deus quer ser amado. todo mundo quer ser amado». então a gente toda é esse campo todo e o próprio deus, que também é deusa, poesia.

percorremos os campos da poeta:

> como quem constrói um labirinto | um amontoado de pedras entre as quais as palavras giram | móbiles fulgurantes | carne dolorida | escrever | escrever como quem constrói o próprio chão no qual se pisa | árvores de um lado | gavetas

do outro | a luminescência de alguns peixes e as grandes mariposas da memória | escrever | escrever | escrever como quem desenha a pena e tinta uma rota de fuga | uma rota de navegação | a trajetória de um planeta desconhecido | um anel | um brinco | e ainda aqueles animais fantásticos saindo da garganta da terra | aqueles de letras sibilantes | outros de cascos dançarinos | uns de chifres abrasadores | escrever | escrever | escrever | escrever como quem se arrisca | as pontas dos dedos flamejantes | a dura semente que explode em verde tenro e vivo e sangrante | como o desenho de um corpo amado | os olhos abertos | os olhos fechados | escrever | escrever | escrever | escrever | escrever como quem desatina | um outro ciclo | uma outra lua | uma outra língua

porque ela sabe que voltamos sempre "para o mesmo sempre início | precipício | escrever como quem constrói um labirinto", como quem canta *piedra de sol* ao mesmo tempo em que dança *¿águila o sol?*: «hoje sonho uma linguagem de lâminas e bicos, de ácidos e chamas. // uma linguagem de perfeito aço, de relâmpagos afiados, de esdrúxulos e agudos, incansáveis, reluzentes, metódicas navalhas. uma linguagem guilhotina. uma dentadura trituradora, que desfaça numa papa o eutunósvóseles».

para amar é suficiente amar; é suficiente, mas para a poeta nunca não o bastante. escreve e materializa amor. e ao dobrar ao amor, desordena loucamente a realidade. opera através da linguagem a vida *outra*. chama-nos a verouvirviver a vida *outra*.

e quando essa linguagem esgarçada e de desastres deliciosos acontece a cada poema apontando a vida *outra*, perguntamos: que poesia é essa que a poesia se anuncia? que potência é essa a da poema que me salta o corpo?

a que figura mais que representa. a política que não quer ser ideologia. a do gesto, da fuga do desejo. a política: pelo *prazer*. como nos dá em pista a poeta: sacudir a escritura, clivá-la, deslocá-la para mantê-lo aberta, porque é este *o prazer do texto*.

excorpie os dicionários: as *maravilhas banais* não são nunca sem valor. dançar com o amor, ter prazer, transtorna os lugares da cultura mobilizando os territórios, sentidos e linguagens do visível e do sensível. a dança-deslocamento rompe muros e, enfim, nos re-torna ao que mais amamos em nós mesmos e nos mantém vivos e jamais mornos: a paixão, o amor.

chocamos a existência para uma ética. é assim que a trégua para a poesia não se aliena da realidade, rebentamos enfim mais além da escritura. ao descivilizar a língua, micheliny nos põe a brincar com os saberes mais antigos, indígenas, animais, dos amantes; aquele saber-poesia tornado desconhecido pela vida *real* e que carrega até parir o sangue das palavras: a vida.

sim, outra parte dessa escritura é nossa. sujeitos históricos à deriva nos dissolvemos na escritura e rumamos noite acima para o além-prazer. re-ouvimos a primeira fala. vemos gozar, nascer e brincar a poesia até a mais alta voltagem dessa sutileza política: ser poesia-amor para estar em sociedade.

— aceitamos sim, micheliny: o chamado do amor. até ver incendiar, da vida *real*, a *vidamor* – vida protagonista e campo púrpura, encarnado de um serestar ético, *afeitivo* e político. uma vida que age num contínuo orgânico ao selvagem, à poema.

y –te amamos.

nina rizzi
nos campos púrpura-encarnados, 2017

) escrever como quem constrói um labirinto | um amontoado de pedras entre as quais as palavras giram | móbiles fulgurantes | carne dolorida | escrever | escrever como quem constrói o próprio chão no qual se pisa | árvores de um lado | gavetas do outro | a luminescência de alguns peixes e as grandes mariposas da memória | escrever | escrever | escrever como quem desenha a pena e tinta uma rota de fuga | uma rota de navegação | a trajetória de um planeta desconhecido | um anel | um brinco | e ainda aqueles animais fantásticos saindo da garganta da terra | aqueles de letras sibilantes | outros de cascos dançarinos | uns de chifres abrasadores | escrever | escrever | escrever | escrever como quem se arrisca | as pontas dos dedos flamejantes | a dura semente que explode em verde tenro e vivo e sangrante | como o desenho de um corpo amado | os olhos abertos | os olhos fechados | escrever | escrever | escrever | escrever | escrever como quem desatina | um outro ciclo | uma outra lua | uma outra língua | e voltar para o mesmo sempre início | precipício | escrever como quem constrói um labirinto (

escrever enganos profundos.
[quase Barthes. ou outro Barthes]

do amor e seu osso

i

o amor são ossos zigomáticos
e músculos piramidais
a epiderme sob a luz
a carne que em carne
se refaz

o amor é tão somente o hiato
e a coluna vertebral
tarso metatarso e as falanges
falo e útero
o salto do animal

tecido e pedra
fibra e úmero:
o amor
que o meu corpo
atravessa
pousa somente
no corpo que vislumbro

ii

não há metafísica no amor

somente a mão
somente a pélvis
o esterno
e o pescoço em giro breve

todo sorriso (saiba) é feito de nervos
e ligamentos
as quadraturas da pele
em seus desdobramentos

não há metafísica no amor

somente o osso
(escápula, tíbia, fêmur)
o pelo
a carne
e todos seus unguentos

iii

o amor só entende
o osso
o sacro
o ísquio
o ílio
suas cavidades
e fossos

o amor só atende
ao osso
seus canais
e cristas
suas linhas
e esboços

o amor se distende
em osso
suas ligas
forames
seus
ramos
seus poços

o amor só se rende
ao osso

iv

o amor é
o osso hioide
essa ponte levadiça
sobre o espaço
essa ponte que eleva
a língua
até o palato
o amor
é esse pacto

o amor é
a mandíbula
essa sorte
sempre móvel
e que mastiga
o que é lasso
o que é duro
o que fustiga
o amor é
essa intriga

o amor é
esse dente
estrutura
perfurante
e saliente
o que ataca
o que mordisca
o que se sente
o amor
esse acidente

o amor é
esse osso
que sustenta
beijo
fala
e seus esboços
suas artérias
tubulações
seu alvoroço
o amor é
esse osso

outro cântico

i

mulheres de Jerusalém,
vocês viram o meu amado?
pomar de romãs
meu vinho meu leite
revoada de pássaros
mirra incenso
falo

[o meu amado
passou sua mão
pela fresta da porta
meu coração
entre seus dedos
estremeceu:

eu sou do meu amado
e ele é meu]

ii

mulheres de Jerusalém
se encontrarem o meu amado
digam que lhe guardei uma flor
semiaberta
entre as pernas
digam
que desfaleço
e morro de amor

[o meu amado
ergue-se
Monte Carmelo
tenda no deserto
torre do Líbano
suas pernas, torres
sua coroa, lírios]

iii

mulheres de Jerusalém
foi por entre as romanzeiras em flor
que o meu amado me beijou
e embaixo da macieira
sua língua
cítara
entre meus dentes

[o meu amado
passa a mão
em minha cintura
e me conduz
ao jardim
de todas as venturas
o meu amado é belo
como o cedro
e o seu amor
mirra da mais pura]

iv

mulheres de Jerusalém
procurei o meu amado
e não o achei

dizem que o amor
é mais forte que a morte
mas a saudade
é pedra e sepultura

aloé açafrão e nardo
nada sara essa ferida funda

[ventos do oriente
soprem
seu perfume sobre mim
e deixem que o meu amado
me apascente
e coma dos frutos
do seu jardim]

V

mulheres de Jerusalém
eu quero o meu amado
e o meu amado me quer
meu nome gravado em seu anel
meu cabelo enroscado no seu brinco
seu amor oásis de leite e mel
seu desejo marfim e vinho tinto

[é doce beijar o meu amado
seus olhos sua testa
a curva do pescoço
os seus lábios
e espero
como a pomba
aguarda a primavera
para conduzi-lo
ao jardim
mais aromático].

Sob o peso dos meus amores. Ou sua leveza de pluma.
[Leonilson. ou quase Leonilson]

X

esse movimento
essa guerra
das peças
do xadrez
esse amor
(cortês?)
o rei
o bispo
o cavalo em L

a torre
de onde
te vejo
e despenco
essa solidez
do branco e do negro
essa álgebra
acertada
a cada jogada

essa dança marcada
seu pé/minha mão
tua carta
um brasão

esse movimento
essa guerra
essa dança
esse coração
que avança

o filho mais novo
do rei de Serendip
deitou em minha cama.
tem um olho verde
e outro azul
e é hábil
com as adagas e as lanças

o filho do meio
do rei de Serendip
comeu em minha mesa
tem um olho mel
e outro cinza
e maneja
o arco com leveza.

o filho mais velho
do rei de Serendip
dançou em minha sala
tem um olho preto
e outro âmbar
e conhece
a pele das opalas.

os filhos do rei de Serendip
resplandecem
em minha tenda
ungem-me com óleo precioso
brincam com o acaso
e com as sendas

os filhos do rei de Serendip
brilham
nos meus olhos
como estrelas.

gênesis

deus me queria eva
eu me quis ave
o diabo me queria treva
eu me quis trave
ele me queria terra
eu me quis nave

a memória
da tua mão contra a minha
o sol sobre as ruínas
a torre a língua
o cartaz colado no muro
quem amaria
pergunto
quem amaria
a marca da morte
sobre o meu corpo
esse meu rosto
o vago olho da lua
por sobre as águas
o ritmo
o ir e vir
dessa máquina
o homem que passa
e não nos vê
a mínima eletricidade
papel de bala
caído no chão
meu sim meu sim meu não
e sempre a memória
aquela da pele
da tua em minha mão
saber o caminho
do esquecimento
dessa cidade de luz
desse amor
desse invento
o que não podes me dar
o que não devo querer
um santo de gesso
quebrado
largado numa esquina
buzinas
um anjo ou um animal fantástico

atravessando o céu
teu abraço o peito contra o meu
cada dia um novo começo
letra lume o desfecho
a marca da morte
me lambendo o corpo
e eu o seu osso
o vento
e a noite em que fui embora
nessa eterna eterna demora
não faz diferença
o pão o andaime a véspera
a carta fechada nunca enviada
a linha da pipa embaraçada
saber do caminho
meu mar meu labirinto
dessa vereda de luz
chicletes dentes
aonde leva essa escada
Jacó sorrindo para o nada
a memória da carne tão escassa
a mão o braço o lábio
esse mundo aos pedaços
o sol alevantado
meu contentamento
teu voo
meu pássaro

achar um lugar para guardar os pratos
achar um lugar para escrever a carta
achar um lugar para honrar o pacto
achar um lugar para o salto o assalto
os colares os sapatos
os ossos os sentimentos deslocados
achar um lugar
uma janela uma relva
uma prateleira
achar um lagar

Dedalus
[a propósito de Ulysses]

esse seu nome
acordou comigo
esse seu nome
antigo
esse seu nome
borboleta
turbilhão
um animal
em órbita
ao redor do meu ouvido
ressoando
repetindo
esse seu nome
absurdo,
em grego antigo

esse seu nome, labirinto.

relevo

nenhum lugar
que não a tua pele
território de luz e sombra
e esquecimento
paisagem saturada de ti mesmo
e lacuna de tudo o que invento

nenhum lugar
que não a tua pele
horizonte e cicatriz
do que desejo
palavra cristalina entre meus dedos
bicho pedra faísca
espelho em que me deito

tatame

esta exata bússola
esta agulha
da minha língua em chamas
[e que te chama]
aponta o extremo oriente
do meu corpo
[encontre-se, moço]

e perca-se apenas
na fina seda
do meu casulo
de bicho-borboleta

caia em minha rota
em minha viagem
[sem volta]
renda-se
no tatame da minha luta
meio delicada
meio bruta

e seja, sim,
a manhã do meu ying
água do meu sangue
sol nascente
vibrante flor de cerejeira
em minha boca
que te floresce
e que te beija

e dê para mim

dê para mim
a luz e o sabor
dos jardins do imperador

deleite e mel
leite e dor

amor

Teseu

são mapas
essas linhas
essas curvas
em que me perco?
são mapas
esses traços
paralelas
que em mim
desfaço?
são mapas
esses vestígios
essas migalhas
que sigo incerto?
são mapas
essas pedras
esses desenhos
em que me cego?
são mapas
esses fios
essas retas
em que me corto?
são mapas
esses bordados
essas correntes
que me embaraçam?
são mapas
essas estrelas
esses coriscos
que me atrapalham?
são mapas
as poucas letras
desse teu nome
que mal soletro?
são mapas
esses novelos
esses teares
em que me esqueço?
são mapas
essa partida
essa chegada
em que me nego?
são mapas?

caligrafia

eu me escrevo
para você
contínua
e repetidamente
me escrevo
para você
em rasura
e ranhura
fissura
tessitura
essa rima
tatuagem
essa música
eu me escrevo
para você
obsessiva escritura
é o seu nome
em minha pauta
em minha pele
o seu nome
estrela pulsar arquitetura
clara-escura criatura
é o seu nome
letra
signo
lavratura
que eu escrevo
para você

balada

quando paquito guzman morreu, seu corpo estendido na mesa, a toalha de renda, a mulher chorosa, dez velas acesas, uma rosa entre os dedos, no bolso, um bilhete, na lapela, um lenço, dois dentes de ouro, um tigre no peito, el guapo chorou. um choro moído, um choro sentido, da boca, um soluço, da carne, um gemido. quando paquito guzman morreu, el guapo, uma gota de sangue no lábio mordido, el guapo, coitado, moço tão bonito, perdeu-se a si mesmo, a lua nos olhos, o norte esquecido.

propósito

ela se abre
pétala a pétala
e branca é a sua carne
ela se abre
pétala a pétala
e exala a doce abacaxi.
ele duro e brilhante
mal sabe o que o traz aqui
mal sabe do pólen
que traz nas patas
no abdome
ele só sabe do que sente
do que o consome
a noite vem e ela se fecha
de novo
pétala por pétala
ele guardado dentro dela
ele luz e calor
quando ao dia mais uma vez chegar
ela será vermelha
ela será ele
ela será amor

água branca

hoje eu voltei
pelo caminho mais longo
o caminho das árvores
seres que crescem
para o céu azul
e para os subterrâneos

hoje eu voltei
pelo caminho mais brando
pelo caminho mais duro
folha e casca galho e raiz

hoje eu voltei pela estrada das nuvens
hoje eu voltei pelas artérias do chão
hoje eu voltei para mim

do mal que me queres

o mal que me queres
mia senhor
o mal que me queres
assim todavia
teus olhos
esses de tão
mor desamor
teus olhos de outrora
claras cotovias
de mal me querer
mia senhor
agora são setas
de atroz cobardia
olvidando a vereda
desse meu amor
labirinto que foi
tuas noites e dias
esse mal que me queres
mia senhor
esse mal que me queres
já foi lis e carícia
esse mal que me queres
mia senhor
esse mal
já foi luz
já foi pão
e valia

um banho

debruço-me
e junto os braços
em frente a mim mesma

lentamente as palmas das mãos
batem uma contra a outra: nadadeiras

assopro pequenas ondas
por sobre as águas
e lembro de ter sido sereia
um dia

eu e as minhas irmãs
transpassando
os mares

a água me envolve
morna
e fecho os olhos

das pequenas perversões

amo o corpo que a memória desenha
imperfeito
a lacuna
e a incerteza
e certa lembrança de
um dia
pele sobre pele
acreditar em números puros

amo o cadáver
que a memória
insiste em colocar
em seu lugar
esboço malfeito
da sua presença
sangue de um animal ferido
– lobo ou leão
mentira ou descoberta

amo o seu nome
carne impossível
dita entre meus dentes
sêmen
pedra tumular
e esta brincadeira
de completar o quadro
com aquilo que lhe falta

um exercício

amor é talvez
aquele cometa
que passa
que passa
e você nem viu
a noite nublada
o fuso atrasado
ou talvez só o seixo
a pedra do rio

é preciso escrever o teu nome novamente
novamente inventá-lo
em novas letras
ajuntamentos de sílabas

é preciso dar outro contorno
aos fonemas do teu nome
fazer nascer outro animal
que estale em minha língua

é preciso escrever
outra ossatura
outra medula
para a curva flexível
do teu nome
coroá-lo quem sabe
de escamas ou de pétalas
dotá-lo de antenas
estames sépalas
ou pernas retráteis

é preciso desaprender
a escrita do teu nome
desaprender esse movimento alternado
para cima e para baixo
e a elegância quase circular
quase regular
desse traçado

é preciso perder o teu nome
entre cadernos
caixas e gavetas
deixar que pulse
como uma luz misteriosa
para desfazê-lo depois
colar de contas
cordão de pérolas

botões que deixam
a camisa entreaberta

é preciso esquecer o teu nome
copiá-lo com outras consoantes
menos solares
menos tenazes
dar a ele quem sabe
uma inflexão mais aflita
colocar um chocalho na ponta
fazê-lo de serpente
é preciso senti-lo entre os dentes

é preciso dobrar o teu nome
em quatro partes
três que sejam tuas
uma que seja minha
e desdobrá-lo
em outros pontos cardeais

é preciso lembrar e guardar o teu nome.
ademais é preciso obsessiva
e repetidamente
é preciso escrever o teu nome novamente

e, no entanto, músculo
tecido sobre tecido
fibras
linhas
vísceras
ou só aquela porcaria que os gatos
botam pra fora.

bola de pelos.

Há o amor, é claro. e há a vida, sua inimiga.
Jean Anouilh

a palavra amor
comporta todo esse desastre
todo esse choro e desencontro
todas as guerras pelo nome
helena
ou fatma
ou maria
ou césar
ou miguel
etc etc ao infinito?
a palavra amor
comporta todas as tecnologias
para um abraço
o avião o trem
a velha carroça encostada nos fundos da casa
e essas cartas
essas músicas
essas joias e penduricalhos?
a palavra amor
comporta todos os filmes
do cinema americano
as balas zunindo de ciúmes e desengano?
a palavra amor comporta
todos os verbos
e esses versos mal escritos
que envergonhariam os primeiros
habitantes das cavernas?
a palavra amor comporta
tanto bicho morto
pilhas de livros
tantas fogueiras
e luas ao redor do sol
e ainda as vozes que pairam sobre as cabeças
eu te amo te amo te amo?
a palavra amor
[esse móbile girante

objeto perfurocortante]
comporta a minha vida
e a tua?

notícia biobibliográfica

micheliny verunschk nasceu em Recife, e cresceu em Arcoverde, sertão de Pernambuco, onde se graduou em história. é doutora em semiótica pela PUC-SP. seu primeiro livro, *Geografia íntima do deserto* (2003), foi finalista do Prêmio Portugal Telecom de Literatura, em 2004; o romance de estreia, *Nossa Teresa – vida e morte de uma santa suicida* (2014), levou o Prêmio São Paulo de Literatura de 2015 (melhor romance de autor estreante acima de 40 anos). prepara, dentre outros projetos literários, sua poesia reunida.

poesia

Geografia íntima do deserto. São Paulo: Landy, 2003.
O observador e o nada. Recife: Bagaço, 2003.
A cartografia da noite. São Paulo: Lumme Editor, 2010.
b de bruxa – bonnus bonnificarum. Recife: Mariposa Cartonera, 2014.

romance

Nossa Teresa – vida e morte de uma santa suicida. São Paulo: Patuá, 2014.
Aqui, no coração do inferno. São Paulo: Patuá, 2016.
O peso do coração de um homem. São Paulo: Patuá, 2017.

antologia

Na virada do século: poesia de invenção no Brasil do século XX. org. de Claudio Daniel e Frederico Barbosa. São Paulo: Landy, 2002.
Antologia comentada da poesia brasileira do século 21. São Paulo: Publifolha, 2006. (org. Manuel da Costa Pinto).

Antologia de poesia brasileira do início do terceiro milénio. Vila Nova de Gaia: Exodus, 2008. (org. de Claudio Daniel).

Roteiro da poesia brasileira. Anos 2000. São Paulo: Global, 2009. (org. Marco Lucchesi)

Bicho de siete cabezas. Córdoba: De Todos Los Mares, 2010. (org. Martín Palacio Gamboa).

Todo começo é involuntário – a poesia brasileira no início do século 21. São Paulo: Lumme Editor, 2010. (org. de Claudio Daniel).

Poesia.br. Rio de Janeiro: Azougue Editorial, 2012. (org. Sergio Cohn).

Vinagre – uma antologia de poetas neobarracos. 2013. (org. Fabiano Calixto). [e-book].

Poesia viva do Recife. Recife: CEPE, 2013. (org. Jussara Salazar).

Inquebrável, Estelita para cima. Recife: Mariposa Cartonera, 2014. (org. Wellington de Melo).

29 de abril: o verso da violência. São Paulo: Ed. Patuá, 2015. (org. Domenico A. Coiro, Mar Becker, Priscila Merizzio e Silvana Guimarães).

Capibaribe vivo. Recife: CEPE, 2015. (org. Jussara Salazar).

Golpe: antologia-manifesto. 2016. [e-book].

1917-2017: o século sem fim. São Paulo: Patuá, 2017. (org. Marco Aqueiva)

Blasfêmeas: mulheres de palavra. Ed. Casa Verde, 2017. (org. Marília Kubota e Rita Lenira de Freitas).

A nossos pés. Rio de Janeiro: 7Letras, 2017. (org. de Manoel Ricardo de Lima).

Antologia Língua Rara. Porto Alegre: Editora Outsider. (org. Bruno Ribeiro) [e-book].

Contemporâneas: antologia poética. Porto Alegre: Ed. Vida Secreta. (org. Adriane Garcia). [e-book].

Partículas subatômicas: microcontos brasileiros. Ed. O Fiel Carteiro. (org. Luiz Ruffato e José Santos). [e-book].

tiragem   1.000

exemplar n.º   200
conferido por

este livro, composto em Baskerville, foi impresso pela Flex Gráfica na primavera de 2017, em goiânia, para a martelo casa editorial e comércio de livros ltda., em Pólen Bold 90 g/m². o papel de capa é o DuoDesign 250 g/m².